深い敬意を込めて

江口達也
Eguchi Tatsuya

文芸社

目次

深い敬意を込めて

（短歌集）

追いかける追いつけなくてかまわない先を歩んでいてくれるなら

口だけじゃ説得力に欠けるからぜひとも体を張ってみせたい

覗き見てあきらめきれず開けて見て郵便受けはやはりこたえず

正しいか正しくないか　そんなこと意味をなさないあなたの前では

ひさかたの光のようなこの想い輝いているこの胸の中に

俺なんか摑む資格があるのか？と、いつも躊躇う差し出された手に

会えたなら思い出してほしいから名前だけでも覚えていてほしい

敬愛し目標にして生きて行く。いつか貴女に認められたい

恋じゃない恋じゃないけどこの気持ち愛と言うならそれは認める

別のひと？確かめられないもどかしさみつけた名前気になっている

お別れをまだしてないからまた会えるそう思わなきゃやってられない

記憶とは薄れゆくものつないだ手の感触さえも残せはしない

誰を好きか考えてみると貴女しかうかばなかったころがよかった

少しでも貴女にふさわしい人になろうと生きる残りの人生

好きだったことさえ忘れていたけれどただ好きだっただけあのころは

性格は、美人は悪いと聞くけれどあてはまらないあなたにだけは

一度だけ夢に出て来てくれたけど気持ちつたえる瞬間《とき》に目が覚め

完璧な人間なんていないから貴女を深く知るのが怖い

あのころのあなたの年齢《とし》になってみてあなたの気持ちわからなくもない

別れの日たしか天気は晴れだった肝心な事は思い出せずに

貴女のために生きることかなわぬなら自分のために生きていきます

生きるため強さ覚えた代償に心汚《けが》れぬ貴女を離れて

時は来て貴女の門出見送りぬ手も差し出せず何も言えずに

本当に貴女の一生《ひとよ》のひとコマに確かに僕はいましたよね

もし手紙出さずにいたらこれほどに空《から》のポストがつらくはないのに

この溝《みぞ》が埋まらないのは年齢《とし》の差が縮まらないのと同じことだね

辛き日々すべて報いと受け止めて乗り切ったらばいつか許して

もしかして宏美を好きになったのはその顔立ちに貴女をみたから?

この気持ちつたえるまでは死ぬまいと命があってほしいと願う

まだ返事来ない理由をまだ手紙読んでないからだと思いたい

貴女には殺されたとて恨むまじなお余り有る恩の数々

「なんていい名前なんだ」と思うのは貴女の名前だからでしょうか?

届かない気持ち心に留め置く汚《けが》しはしないきれいなままに

絶望を噛み締めている真夜中のエレベーターの壁にもたれて

「偶然」や「奇跡」と理屈つけないで出会えたことを感謝するのみ

たとえ今離れていても刻まれた出会った事実消えはしないね

狂いもせずこうして立っている我よ、その程度なの?深い想いは

憂いなし「貴女のために生きている」その実感に支えられれば
いつだって貴女を想へば汚《けが》れなききれいな気持ち心に満ちる

あなたから投げ掛けられたやさしさに縋りたくなる倒れそうな夜

あなたから与えてもらった愛情は誰かに返し繋げていくね

紫の雲路の下でつたえたい言葉にならぬ想いもすべて

大人へと変わりゆく君この僕が独占してたその輝きを

出逢うため生まれてきたと信じてる後悔しない空を見上げて

恋はいつか終わってしまうものならば終わらぬうちに愛に変えよう

帰り道北風《かぜ》がこの身に痛いのはたぶん祭りのあとの寂しさ

運減らすような気がして雨降れと祈る気持ちにブレーキかかる

新しき服もいつしか古びゆきあはれ移ろふ花々の色

もしここを発つ日が来たら窓の外風の街へと歩いて行くね

我が想い託した雪は降り積もり心まで染めやがて消えゆき

代わり映えない毎日を過ごしおり今日の日付も忘れるほどに

真夜中を過ぎればすでに別の日と言うかのように雨は降りだし

たまかぎる日差しの中を舞ひ落つる花は桜の涙なりけり

今声を張り上げ歌う「卒業」をあの日々にこそ叫びたかった

すれ違ふふたりの人生《とき》の交わりしその瞬間で時間よ止まれ

利き手なるこの左手でペンを持て本当の自分取り戻すため

病棟はそれぞれの音《ね》を奏でおりやさしい光君の職場は

手術《オペ》前の心を映し人形は心配そうな表情をせり

ひと夏でいいから君と甘い蜜に溺れてみたいような気もする

失恋の歌うたう君君を振る人なんているはずがないのに

空白の心に水をあげたくて本をひろげるアンニュイな午後

陽に干したふたりの服が風に舞い寄り添いながらダンスを踊る

始まりがあればいつかは終わりが来るその繰り返し、でも次を待つ

過ぎ去ってしまった時間あきらめてもせめて今から時を止めたい

叶わない恋だとしても好きな人に出会えたことは幸せなこと
忘れない透き通るほど美しきあの眼差しとあの声だけは

見る度に声聞く度に「相変わらずきれいだよな」と思う毎日

偶然の巡り合いであるならばその偶然を大事にしたい

「恋人」という肩書きよりも内容を大事にしたい君との関係

「それも俺らしくていい」とつぶやけば後悔やめて先へ進める

我の住む街は祖母には都会《トウキョウ》で　埼玉県も東京となる

「トウキョウで立派にやっているんだよ」自慢の孫であらねばならぬ

悩むのはなまじ先がみえるから。時にはバカになりたくもなる

めざすものないまま日々を送ってる今やることもみつからぬまま

〝〜ですもんね〟そんな語尾にもあらためて年上なのを感じてしまう

人生は波風たてず平凡に　はげしい君にまきこまれぬように

宵のころ突然鳴りたる〝ピンポン〟がドキッとこわい一人暮らしなり

亡き祖母にまづ真っ先に「ただいま」と帰省を告げむ目に見えぬゆゑ

「わけは秘密、大切なもの」と言っていた指環はずした意味を知りたい

背の低い我と歩いている今の君の気持ちを考えている

うなぎを前に飢えたオスになっているガツガツ食べるひとの分まで

会うために用を作ったりはしないけど理由なしには会わない関係

時がただ少し流れただけなのに出会ったころと何かが違う

検定の結果聞く時聞くまでの自信と不安の心の重さ

誕生日今日がその日であることを二時間おきに思い出してる

急行が止まらずに行く駅にいて過ぎゆく音をうらめしく聞く

〝ささやかな気持ち〟と君は言うけれど俺の心をいっぱいにする

キスマーク付きでないのが残念なサイン色紙を部屋に飾りぬ

戻りたいもう戻れない友だちには　告白されて振った瞬間

ぬいぐるみいつも車に置きざりでたまには家に入れてやれよな

ポストから君の手紙を取り出せば手につたわりぬ想いの重さ

別の女《ひと》に乗り換えようか思ってもまた一からも面倒くさくて

恨みごとうったえようと思っても会えばとたんにすべて忘れる

宗教を信じるよりも愛一つ信じていればそれでじゅうぶん

思い出が消えないように一つだけ食べないままの過ぎ去りしチョコ

いつの日も時間どおりに目が覚める自分の体ほめてやりたい

告白を迷惑だとは言わせない好きにさせたあんたの責任

待っているかもわからないゴールまで立ち止まらずに振り返らずに

この気持ちつたえる勇気持てなくて嫌われてると決めつけていた

泣かないでいつも笑顔でいてくれと、時間と場所がふたりを裂いても

あの女《ひと》の傍にいた過去嫉妬してくれるだろうかくれぬだろうか

今はまだ君しか見えずはなれないもうしばらくは好きでいさせて

いつまでも心の霧は晴れるまじあなたのいない人生ならば

期待していればいるほど傷つくとわかっていても振りほどけない

着て行く服がなくなってしまうほどたくさんたくさん君と会いたい

みるからに女からだとわかるようなプレゼントをくれる君なり

傷痕を背負えるならば手首切り好きだったこと証明するのに

雨の音聞きたくなりてテレビ消しエアコンに耳傾けている

台風も残業はせずきっかりと雨あがりたり我を残して

夕暮にふと口ずさむ歌にまで君の匂いが残っているとは

偏差値の低い子らには高校を選ぶ自由を許されもせず

秒針がとれても時を告げており電池という名の命尽くまで

病棟に問い合わせれば名も知らぬ天使が電話に出ることのあり

仕事などやってられない失恋を結局仕事で紛らせている

くもりなく自分を好きと思えれば何も恐れず進んで行かむ

学生を卒業すれば八月の終わりが来ても悲しからずや

時は君を美しく変えいつのまに誰かが君を連れ去ってゆき

人生を遣り直せてもこの道を辿るであろうもっと上手に

休日にやりたいことはあふれるも体動かずおやすみなさい

「忘れたよ」なんて言ったら嘘になる忘れられない忘れたくない

好きな歌教えておくれその歌をめざましとして朝起きるから

ラケットを握るかバットにするのかを選ぶ自由を僕にください

まわり道あなたに巡り合うための。無為に過ぎたる日々にみえても

「先生」と普段呼ばれているひとの見せし弱さに驚いており

休日も部活動に潰される賃金なしのアルバイトかな

真夜中にジュースを買いに散歩する車も疎ら静寂楽し

上を向き星を眺めて帰る道確かにそこにふるさとの空

人様をねたまずにすむぐらいには幸せになれささやかでいい

こぎ進む空気の抜けた自転車を現在《いま》の我が身に重ね合わせて

何もかも忘れひたすら山登るそんな時間をくれた遠足

一本の電話が我の食欲を奪いてPIZZAをどうにもできず

同郷の歌人が詠んだ自然詠見ていた海は同じ海かも

雨の日も炎天の日も他人事《ひとごと》のように仕事ができる幸せ

息白くこぶしにあてて温める風は心を突き刺すばかり

欲しい物買ってしまおう。閉ざされた未来《あした》を生きる糧となるなら

あきらめることで楽になる　あまりにも重い荷物を背負った心は

目を閉じて耳を澄ませばほらそこに幸せ運ぶ白い恋人

ピカソって落書きだよねいいかげん裸の王様やめませんか

ドラマなら主役は張れないふたりでもふたりで築く人生がある

一日はあっというまに過ぎるから苦しい日々もすぐに終わるさ

くまちゃんがふとんにしてるタオルにはひらがなの名母の書きし字

なるようになるはずだからこの未来望みはしても祈りはしない

湧き上がる好意、好感、親しみをあなたも感じてくれていますか？

助手席はあなたのために空けてある誰でもいいっていうわけじゃない

粉々に砕け散るとはこんなこと飛び散る破片他人《ひと》まで傷つけ

誰も見ていないようでもお日様に隠せはしないこの世の事は

手鏡を紐で吊るせばゆらゆらと鏡の中の世界は揺れる

この気持ち郵便配達夫《ポストマン》にもつたわれと速達にて託す我のすべてを

鳥になりあまねく空を飛びまわりまだ見ぬ何かきっとみつける

許されているんだ人は生きること空気や水にすべてのものに

短歌入選一覧

『週刊文春』平成九年七月三日号「短歌」　近藤芳美選　佳作

「それも俺らしくていい」とつぶやけば後悔やめて先へ進める

平成九年度ＮＨＫ学園全国短歌大会　入選

夕暮にふと口ずさむ歌にまで君の匂いが残っているとは

『ＮＨＫ歌壇』平成十年三月号　馬場あき子選　佳作

この溝《みぞ》が埋まらないのは年齢《とし》の差が縮まらないのと同じことだね

平成十年度ＮＨＫ学園全国短歌大会　春日井建選　秀作

絶望を噛み締めている真夜中のエレベーターの壁にもたれて

平成十年度ＮＨＫ学園全国短歌大会　入選

時は君を美しく変えいつのまに誰かが君を連れ去ってゆき

平成十三年度ＮＨＫ全国短歌大会　島田修二選　秀作

利き手なるこの左手でペンを持て本当の自分取り戻すため

『ＮＨＫ歌壇』平成十四年六月号　春日井建選　佳作

俺なんか摑む資格があるのか？と、いつも躊躇う差し出された手に

平成十四年度ＮＨＫ全国短歌大会　入選

亡き祖母にまづ真っ先に「ただいま」と帰省を告げむ目に見えぬゆゑ

平成十五年度ＮＨＫ全国短歌大会　森岡貞香選　秀作

もしここを発つ日が来たら窓の外風の街へと歩いて行くね

平成十六年度ＮＨＫ全国短歌大会　入選

記憶とは薄れゆくものつないだ手の感触さえも残せはしない

平成十七年度ＮＨＫ全国短歌大会　入選

なるようになるはずだからこの未来望みはしても祈りはしない

平成十七年度ＮＨＫ全国短歌大会　入選

ドラマなら主役は張れないふたりでもふたりで築く人生がある

平成十七年度ＮＨＫ全国短歌大会　入選

あなたから与えてもらった愛情は誰かに返し繋げていくね

平成十九年度ＮＨＫ全国短歌大会　入選

大人へと変わりゆく君この僕が独占してたその輝きを

道の終わり

（小説）

私は私の夫である杉原理人《りひと》を尊敬しておりますが、夫は「俺なんか姉の足下にも及ばない人間だ」と言います。

夫は口癖のように〝姉〟という言葉を口にしますが、彼女がどんな人か、また夫と彼女との間にどんなことがあったのか、私には一切話してはくれません。

しかし私は、夫が彼女とのことを書いた小説をみつけてしまいました。今日はその小説を、夫には内緒で紹介しようと思います。もちろん小説ですから、虚構や、事実をまげている部分があって当然ですが、夫の性格からしてほとんどが事実のままに書かれていると、私は思っています。

＊

タクシーの中でぼんやりとして、姉の顔を思い浮かべていた。曇った窓の外では、天気予報の許可もなしに雨が降っていた。タクシーは、姉の入院している病院へと向かっている。

姉の命があと一ヶ月ぐらいとの知らせを俺が聞いたのは、三日前のことだった。姉といっても俺とは母親も違うし姓も違う。

俺に姉がいるということを親から聞かされたのは、俺が大学生の時だったが、その時も自分の姉に会ってみたいという気持ちにはならなかった。姉は俺より五つ年上で、今年は三十路になるが、誕生日はむかえられないだろう。

ほんの一時間前、勤めている予備校の講師控え室で、姉に会いに行こうと、なぜいきなり思ったのか、自分でもよくわからない。もちろん三日前の電話がなかったら、今こうしてタクシーには乗っていなかっただろうが。この雨が、俺を姉のもとへ誘っているような気もした。

姉に会った回数は、両手で数えられる程度だった。そして姉に会いに病院に行くのは、一年ぐらい前、姉が入院したばかりのころ、田舎から東京に、姉の見舞いに来たおやじどののお供で行って以来だった。その時は、まるで見舞いの果物を入れたかごを持つためだけにいたようなものだった。心配されていた院内感染も、ＭＲＳＡには感染していないとの話だった。それを聞いて俺は安心した、姉には似合わないという理由で。姉のほうから俺に話し掛けてきたりもしたが、姉とはほとんど言葉を交わさなかった。病院にいる間、黙っている時間がほとんどだった。俺が嫌々その場にいるということを、その病室にいた関係のない人たちまでも、感じ取ったに違いなかった。そしておやじどのと俺が帰る時、姉は悲しそうな目をして俺を見送っていた。その表情はあまりに美しかった。

今、その場面が、頭の中で何度も繰り返されている。

そしてタクシーが病院へ着き、俺は現実に戻された。タクシーのメーターを見ると、その横の時計が目にはいった。午後四時半になるところだった。金を払ってタクシーを降りた。タクシーは、急いで病院から出て来た客を乗せ、走り去った。雨はまだ強く降っていたが、病院の屋根のおかげで濡れずにすんだ。俺は自動ドアの入口から、病院の中へ入った。

ここへは一度来たことがあるはずなのに、病院の中を見廻しても見覚えがなかった。

自分の病気で来たわけではなくても、病院の中にいるのはあまりいい気分ではなかった。特にこんな大きな病院は。

きょろきょろしながら歩いていると、前から相撲取りのような体型の女が歩いてきた。その女は迫力と一緒に制服を身にまとっていたので、病院の職員だということがわかった。たぶん事務員だろう。俺はその職員を呼び止めた。俺はその職員に、ダイエットしたほうがいいとは言わずに、病室を尋ねた。

その職員は意外と親切で、おかげで姉の病室の前に着くことができた。〝九条院遙〟と書かれたプレートがはめてあるので、この部屋で間違いない。前に来た時に姉がいたのは大部屋だったが、目の前の部屋は個室のようだ。

俺は姉の病室の前にしばらく立ったまま、なかなか中へ入れなかった。自分でも理由がわからずに、ここまで来てしまった。もちろん見舞いの品も、なにも持っていない。死期が近い人間に、何を言えばいいのかもわからない。「きっと病気が治る」などというウソをつくつもりはなかった。

俺は考えがまとまらないまま、ノックもせずに思い切って部屋に入った。ベッドにいる姉の姿が俺の瞳に映った。

姉は俺を見て一瞬驚いた顔をした。

「来てくれたのですね」

と、姉が俺に声を掛けた。俺はそれには応えなかった。

「どうぞそこに座って下さい」

俺は黙ったままその言葉に従った。

姉はやつれていたが、相変わらず美しかった。俺は姉の髪に目をやった。そこには、男を魅了する〝女の黒髪〟という魔法がかかっていた。

俺は姉を初めて見た時の、姉の姿を鮮明に覚えている。会う前から、姉が美人だとは話に聞いていた。俺は姉を初めて見た時、企業の採用担当の面接官の目よりも厳しかったが、姉を美人だと認めるしかなかった。

姉は俺が、美人と認めた五人めの女だった。いまだに六人めはでていない。

髪の長さが、最低でもショートカットとセミロングの中間以上はなければ、俺はその女を美人とは認めない。髪の短い女のことを悪く言っているわけではなく、髪の短い女には〝美しい〟という誉め言葉を使わないだけのことだった。それは、太っている人を誉める時に〝スマート〟という言葉を使う日本人がいないのと同じことだ。ショートカットの女《こ》なら〝かわいい〟という誉め言葉がよく似合う。

「わたしの命は、短ければあと一ヶ月だと、お医者さまが教えてくれました」

と、姉がいきなり言葉を発した。

「えっ！」

「それを知って、わざわざ来てくれたのでしょ」

もちろん俺は知っていた。俺が驚いたのは、姉自身がそれを知っているということにだった。そしてそれを知っていて、こうして平然としていられる姉の強さに驚いた。この強さがあるからこそ、医者も姉に本当のことを話せたのだろう。

俺は姉の最期の時は、美しい姿のまま、苦しみもがいたりもせず、美しく死ねばいいと思っていた。姉は本当に、その美しさにふさわしい死にざまを見せるように思えた。

「姉上は死ぬのが怖くないのですか?」

と、形だけの丁寧な言葉で姉に聞いた。

「人は誰でもいつかは死にます。でも、死んでもまたいつか生まれ変わるのですから、後ろ暗い生き方をしていなければ、死を怖がる必要はありません」

意外な答えだった。姉の口から〝生まれ変わり〟などという言葉が出るとは、思ってもみなかった。

死に臨んでの姉のこの強さは、死後の世界を信じ、これまでの人生で隠さなければならないようなことは何もないという、自信からくるものなのだろうか。

「姉上はテニスをなさるのですか？」

ベッドの横に置かれているラケットを見つけて、俺は話題を変えた。姉から霊界の話を聞くつもりなどなかった。

「ええ、中学生の時からずっとやっていました。退院したらまたやりたいと思っていましたが、あきらめはついています。そこにあるラケットは、全国大会に出た時の思い出のラケットなんですよ」

そして姉がラケットを取ってくれと言ったので、ラケットを姉に手渡した。

「それじゃあ、お蝶夫人なんかとも試合したことありますか？」

俺はお蝶夫人が実在しないことぐらい知っていたが、どうでもよかった。

姉にはなんのことかわからないようだった。

俺はお蝶夫人に憧れてテニスを始めたという女の子は知っていたが、テニスをやっている女でお蝶夫人のことを知らない人間がいるとは知らなかった。

「もうわたしが使うことはないでしょうから、このラケットをもらってはくれませんか。あなたにもらってほしいのです」

姉は両手で持ってじっと見ていたラケットを、俺に差し出してそう言った。

「俺はテニスなんかやったことないですし、テニスコートのある別荘も持っていませんから」

九条院家がテニスコートぐらい持っているだろうという考えは、今年、森監督率いる西武ライオンズが日本一になることよりも確実に違いない。

全然盛り上がらなかった俺の初デートの時みたいに、姉との会話は弾まなかった。それでも、どうでもいい話を長々としていたようで、俺が姉に帰ることを告げた時には、病院に着いてから一時間が経っていた。

姉は俺がいる間、一度も病気のようなそぶりはみせなかった。とてもあと一ヶ月しか生きられない重病人には見えなかった。だが、姉は体の痛みと戦っているはずなのだ。

俺は姉の方に背を向けて、歩き出した。

「わたしが死んでも泣いたりしないで下さいね。わたしのために涙を流してくれたりしなくていいですから」

俺の背中に、姉はそう言葉を掛けた。俺は姉の言葉に一瞬足を止めたが、何も言葉を返さずに部屋を出た。

自分では見舞いに来たという気持ちはしていなかった。結局何しに来たのかわからないまま、病院をあとにした。

あれほど強く降っていた秋雨は、いつのまにかやんでいた。みずたまりを避けながら、駅への道を歩いていった。

俺の住んでいるアパートに着いたのは、十八時二十四分だった。ポストにはチラシらしきものが入っていた。手に取ってみると、それはアダルトビデオのチラシだった。電話で注文すると一時間以内で届けると書かれていた。機会があれば、アメリカかヨーロッパあたりから本当かどうか国際電話で注文してみようか。部屋に入りながら、表、裏、ひととおり目を通した後、丸めてゴミ箱に捨てた。裏が白くないチラシなど、男の膝と同じでなんの使い道もなかった。

帰りに近くのエイトイレブンで買ってきた弁当を、テーブルの上に置き、リモコンでテレビをつけた。エイトイレブンというのは、朝の八時から夜の十一時まで営業するというコンビニで、そのちょっと朝寝坊なところを俺は気に入っていたが、最近では心を入れかえて二十四時間営業している。

着替え終わると、俺はみそ汁を作り始めた。鍋に水を入れ、点火した。そしてもらいものの見事な鰹節を、鍋の中にそっと入れた。そしてテレビの声を聴きながら、ねぎと豆腐を切った。しばらくしてから、鍋の中の鰹節を取り出して、もとの所にしまうと、みそ汁の具とみそを鍋の中に入れた。その鰹節は半月前から使っているが、少しも減ったようには見えなかった。

みそ汁ができると、NHKの七時のニュースを見ながら、粗末な食事を始めた。

中学二年生が自殺をしたニュースを、アナウンサーがいつもの無感情なしゃべりかたで伝えた。いじめが原因の自殺らしいとのことだった。ほんの数時間前の、姉の

「死んでもまた生まれ変わる」という言葉が、俺の頭に浮かんだ。

俺は以前、何かの本で、〝自殺すると死後は地獄に落ちる〟という話を読んだことがあった。たとえそれがウソだとしても、この自殺した子がもしその話を知っていたなら、この子は自殺はしなかったかもしれない、と俺は思った。自殺という最悪の選択をせずに、他の道を選択していたら、いつかやり直しが利く。

学校が地獄の話など教えることはできないだろうが、各家庭で子どもがちいさいうちから、親が子に教えるようにすれば、将来の自殺者を何割かは、減らすことができるかもしれない。いもしないサンタクロースを信じさせるよりも、あるかもしれない地獄を教えた方が、子どものためになるに違いない。地獄に落ちてからでは遅いのだから。

俺は負け犬にはならない。どんなに苦しい時でも、自殺など考えもしない。だが、自殺さえしなければ地獄に落ちなくてすむ、というわけではないだろう。

もし本当に天国と地獄があるとしたら、自分が確実に天国に行けるなどという自信はなかった。

そして不意に電話が鳴ったので、自殺や地獄のことは頭の隅に追いやられた。

三つの予備校で、英語の講師として忙しい毎日を送り、あれから九日間が過ぎた。その日は金曜日だったが、秋分の日で仕事は休みだった。

俺はブルーバードという名の車に久しぶりに乗って、ドライブに出掛けた。〝青い鳥〟とはいっても空は飛べない。この車は、おやじどのに金を借りて車を買おうとしたら、おやじどのが買ってくれた車だった。しかしその資金が九条院家から出たものだと知ってからは、あまり乗っていなかった。

そして俺は今、〝BAD　BOY〟というオープンカーを買うために金を貯めている。自動車教習所のパンフレットの写真で見て以来、ずっと気になっている車だ。

ドライブの帰りに、姉の入院している病院へ寄った。病院までは少し道に迷ったが、病院の中のことは今度は覚えていた。

姉の病室に入ると、筆を持った姉がなにやら習字のようなことをしている光景が、俺の目に入った。

姉は俺の気配に気づいて顔をあげた。俺は構わず近づいて、姉が書いていたものをのぞきこんだ。それはお経だった。

俺の頭の中に〝宗教〟という概念のことが浮かんだ。俺は宗教にあまりよいイメージを持っていなかった。安物の壺を信じられないくらいの高値で売りつける霊感商法というものがあると、テレビで最近見たばかりだった。

姉も、悪徳宗教に騙されている被害者の一人なのだろうか？　もしかしたら、正しいことをしていると思い込んでいて、霊感商法をやってきた加害者のほうかもしれない。そう思うと俺は、居ても立ってもいられなくなった。この前来た時、姉が〝生まれ変わり〟という言葉を口にしたのを聞いて、俺はなにかひっかかるものを感じていた。

「姉上！　そんなことで病気が治ると、本気で思っているのですか？」

「わたしは自分の病気を治してほしくて写経をしているわけではありません。わたしはこの病気になる前から写経をしてきましたが、一度だって自分の私利私欲のお願いをしたことはありません」

意外な答えだった。

死を目前にした姉が藁にもすがる思いで、宗教の勧誘の甘い言葉に飛びついたのだと、俺は思っていたのだが、どうやらそうではないらしい。

「姉上は、なにか宗教団体のようなものに入ったわけではないのですね」

と、俺は一番気掛かりなことを聞いた。

「ええ、わたしはただ神様を信じているだけで、なにか特定の宗教を信じているわけではありません」

「そうですか。俺は姉上がインチキ宗教のサギ団体に騙されているのかと思いましたが、それを聞いて安心しました」

しかし現に姉はお経を書いているし、俺は姉の答えに納得できたわけではなかった。

「人を騙してお金儲けをするような団体には怒りを覚えます」

「俺もそういう奴らは、ぶっ殺してやりたいですね。ところで……、では何故、写経なんかしているんですか？」

俺が九条院遙という人間に、興味を持っていることは確かだった。今日ここへ来たのも、九条院遙という人間のことをもっと知りたいと思ったからだし、この展開にますます興味がわいてきた。

「わたしは、わたしの写経でみなさんが少しでも幸せになればと思って写経をしています。誰かのためを思って祈れば、神様もその気持ちに応えてくれるのではないでしょうか。自分のことしか考えていないような願いをいくら祈っても、神様は聞いてはくださらないのではないかとわたしは思います」

なるほど、俺が神だったらそうするだろうと思った。姉に言わせれば、〝大学に合格できますように〟だとか〝宝くじで一億円当たりますように〟などと、わずかな賽銭でずうずうしくも願ったりすることは、いかに自分が〝自分さえ幸せになればそれでいい〟と思っている人間であるかを、神に教えているということになるのだろう。それでは、願えば願うほど神に嫌われるようなものだ。俺は、仙人のような老人が、人間の強欲な願いにあきあきしている姿を思い浮かべた。

〝困った時の神頼み〟という言葉があるが、それはふだんは神など信じていない人が、どうしようもなく困った状態になった時によくみられる。しかし、これほどずうずうしいことも他にはないだろう。ふだんは他人のように思っているくせに、困った時だけ友達のようなふりをして頼ってくるという、まわりの人から嫌われるタイプの人間だ。仮に神が存在するとしても、頼めばなんでもしてくれる便利屋であるはずがない。頼めばなんでもしてくれるのなら、塾に行かなくても受験に合格するだろうし、今頃は世界中に不幸な人は一人もいなくなっているだろう。

俺は今までに神頼みをしたことはない。人生を生きる上で頼れるのは自分の力だけだと思って生きてきた。どんな壁にぶちあたっても、誰にも頼らずに、自分の力だけで切り抜けてきた。神にも、誰にも甘えるつもりはない。姉のように誰かのために祈るということも、俺にはなかった。

姉は神に祈ってはいるが、それは甘える気持ちからではないようだ。〝弱い奴が神に頼ったりするんだ〟という俺の考えの、姉は例外のようだった。

「わたしが写経に興味を持ったのは、中学校の修学旅行で行った京都のお寺で、写経を体験させていただいたのがきっかけでした。それから写経を趣味として始めました。写経をしていると心が落ち着くので、高校生の頃には写経が毎日の日課のようになっていました。願い事をするために写経をしているわけではないので、祈願文は書いていなかったのですが、祖母が亡くなった時に、祖母の供養のための写経を四十九日間したのをきっかけに、写経の一枚一枚にわたしの身近な人達の幸せを願う、祈願文を添えるようになりました。毎日一枚の写経をすれば、一年で三百六十五のお願いを神様に聞いていただけますから。でもこの病気で今は、写経を一枚完成させるのにも何日もかかってしまいます」

毎日写経をするなんて、俺にはとてもできないことだと思った。特に俺は字を書くことは苦手だ。姉にとって写経をすることは、歯を磨いたり顔を洗ったりすることと同じようなもので、苦ではないのかもしれない。

「これは今までに書いたものの一部ですか？」

重ねて置かれている十五枚ほどの紙を指して言った。全部の紙に経文が書かれているようだが、今までに毎日一枚の写経をしていたにしては、この枚数はあまりに少なすぎる。

「そうです。まだ納経していない分です。月に一度、まとめて京都の知恩院まで持っていってもらって、納経させていただいていたのですが、今はまとまった枚数たまるのに何ヶ月もかかってしまうので、写経してからだいぶ経ってしまったものもその中には入っています」

一瞬の間の後、姉が言葉を続けた。

「これを納経してもらうのは、わたしが死んだ時になると思います。あと何日残されているかわかりませんが、筆を持てるかぎり写経は続けて、少しでも多くの枚数を納経したいと思っています」

積んである紙に書かれている文字と、今書いている文字とはあきらかに違ってていた。まるで病気の進行具合が、そこに記録されているようだった。だが、今の字でさえ俺の書く字よりは上手だった。病気になる前は、きっと書道の先生顔負けの字を書いていたに違いない。

「あなたには、姉として何もしてあげられなくて、本当にごめんなさい。天国からあなたやみなさんのことを見守っていきます」

その言葉は、俺の今までの態度に対しては、あまりにやさしすぎた。俺はついに止めを刺された。今までフタをしていた気持ちが、涙とともにこみあがってきた。なんとか姉に涙を見られずに部屋を出ることができた。姉は今の気持ちを俺にさらけ出したが、俺は何一つ自分を姉にみせなかった。

病院からの帰りのことはよく覚えていないが、何事もなくアパートに着いた。

姉の命があと一ヶ月しかないと俺が最初に知った時、俺は俺の全く知らない人間の事故死のニュースを、テレビで見た時と同じ程度の感情しか、持たなかった。しかし今は、肉親が死にそうになっている時の感情になっていた。やっと姉弟になれたような気がした。姉の前で泣いていたら、本当の姉弟になれたかもしれないと思った。

姉は今、人生という道の終わりにさしかかっている。もうすぐ道は途切れ、足を踏み外し、真っ逆さまに落ちてしまう。その時が近いことを姉は知っているにもかかわらず、怖がりもせず最後の数十歩を一歩一歩力強く、今進んでいる。

道が途切れているように見えても、もしかしたらその先には、目には見えない天へと続く道があるかもしれない。そしてその道が姉には見えているのかもしれない。その道が本当にあることを、俺は心から願った。

体が食べ物をうけつけなかったが、無理に口の中に入れて夕食を少しとった。

読みかけの推理小説の続きを読み始めたが、内容が全然頭に入らないので、三ページ読んだだけで本を閉じた。

本をしまった後、部屋の中をぐるぐると歩きまわった。じっとしていられなかった。歩きまわっている間は何も考えない状態でいられた。

カバンから手帳を取り出した。手帳のページの間にはさんであった紙切れを手に取った。その紙切れに書かれている番号に電話を掛けた。

「お掛けになった電話番号は、現在使われておりません。番号をお確かめのうえ、もう一度ダイヤルするか……」と、受話器の奥から聞こえてきた。電話を切って、もう一度掛け直してみたが、結果は同じだった。

俺はその紙切れを握りつぶして、ゴミ箱に投げ捨てた。思わず苦笑いをしていた。どうせこの気持ちを紛らわせられないことは、自分でもわかっていた。

俺はジョニクロ（ジョニーウォーカーの黒ラベル）と氷とロックグラスを出して、テーブルに置いた。琥珀色の液体をグラスに注ぎ、氷を入れた。酔いつぶれるまで飲んでそのまま眠りに落ちた。

次の日、予備校の仕事を終えるとすぐ、姉のもとへ真っ直ぐ向かった。姉の病室の前まで行くと、部屋の中に見舞いに来たと思われる人が五、六人いるのがわかった。

俺は部屋に入るのをためらった。部屋の前の廊下に二分ほど立ったままでいた。そこにずっと立っているのも不自然なので、俺はその場をいったん離れることにして、病院の外へ出た。そしてシガレットケースからキャメルを一本取り出し、ライターで火をつけた。

ゆっくりとタバコを吸った後、昨日来た時にみつけた本屋に行った。本屋で時間をつぶし、花屋で花束を買ってから病院に戻った。

姉の病室に行ってみると、もう見舞いの客は帰った後だった。部屋に入ると、姉はベッドで眠っていた。疲れているらしく、俺が近くに寄っても起きるような気配はなかった。

俺は机というかタンスのようなその上に、買ってきた花束をそっと置いた。昨日目にした十五枚ほどの紙が置かれていた。そのお経が書かれた紙を、一枚一枚見た。書かれているのはすべて般若心経だった。その中の一枚に杉原理人という文字を見たような気がした。よく見てみると、確かに俺の名前があった。それは、お経の最後に添えられた祈願文で、俺の就職が無事に決まるようにという内容の文だった。日付は俺が予備校の英語の講師に内定する少し前のものだった。

他の紙の祈願文には、誰かの病気回復を願ったものや、健康を祈ったものもあったが、姉の言っていた通り姉自身の病気回復を願ったものはなかった。

俺は自分の名前の書かれたその一枚を取り、残りの紙はあった所に戻した。手に持ったその紙をカバンの中にしまいながら、出口の方へ歩いていった。いったんは部屋から出かかったが、振り返ってまたベッドの方へ戻った。ベッドの横のテニスラケットを取り、最後に姉の寝顔を見てから部屋を出た。

俺が予備校の講師になれたのは、姉の写経のおかげだとは俺は思わない。けれども……。

次の日は日曜日だったが、いつもの日曜よりも早く起きた。いつも見ている〝笑っていいとも！　増刊号〟はあきらめることにして、十時前には家を出た。

写経の道具が売っていそうな所を探しまわり、やっと手に入れた時には十一時半になっていた。

その後Ｃ＆Ｃカレーショップでポークカレーの辛口を食べてから、アパートへ帰った。

帰り道に、塀に落書きをしている少女がいた。その少女は男の子のような格好をした小さな子だった。その少女が書いたのは〝時〟という漢字だった。俺がその子の前を通ると、その少女は俺を見てニコッとした。

自分の部屋に着くとさっそく、買ってきた写経の道具を準備した。

姉の書いたものをお手本にして、俺は写経を始めた。

姉のような字は書けなかった。下手でも、とにかく字を正しく書くことにだけは気をつけた。違う字になってしまったら、写経の効果がないように思うからだ。

なんとかごまかせる程度の字の間違いを三回した時点で、半分まで書いたその紙をくしゃくしゃに丸めた。せっかく半分まで書いたが、これではやはり効果がないような気がして、このまま続けることはできなかった。姉のために完璧なものを完成させたい。

少しでも失敗したら新しく書き直すという決意をして、新しい紙をセットした。しかし、今度は二行書いただけで失敗した。

一枚も完成することなく、丸めた紙だけがどんどん増えていった。俺は筆を置いて休憩した。

一字たりとも間違えずに書き終えることなど、俺にできるのだろうか。いつになったら完成するのか。残された時は、もう一ヶ月もないというのに。

「ねえさん」

それは初めて気持ちを込めた姉への言葉だった。一人の部屋にもちろん返事はなかった。

姉の病気を治せるなら、俺はどんなことでもする気になっていた。

たとえ写経になんの効果もないとしても、俺は姉のために自分のできる限りのことをしたかった。姉が助からなかったとしても、姉のために全力で努力したと自分で納得するためにも、この写経は姉が死ぬまでには絶対に完成させる。

「もし神が存在するのなら、姉を助けてくれよ。姉は俺なんかより、ずっと生きる価値のある人なんだ。姉がこんなに若くして死ぬなんてことは、俺が絶対に認めないからな！」

と、天に向かって叫んだ。

できることなら、俺が姉の身代わりになりたいと思った。他の女だったら、この命くれてやったりするかよ。俺の命の値段は高いんだよ！

姉と会った回数はあまりにも少なすぎた。一年間だけでもいいから、姉弟のように姉と過ごしたかったと今は思っている。姉と初めて会った時、俺はもう大学生だったが、それでもまだ充分時間はあった。俺が心を開いていれば。姉はいつもやさしかった。自業自得だった。せっかく、すばらしい人を姉に持ったというのにだ。

俺は泣いていた。

「泣かない約束だったのに、泣いたりしてすいません。でもねえさんのためじゃなくて、自分のために泣いているんです。だから思いきり泣かせて下さい」

むせび泣きながら、なんとか声に出してそう言った。

そして俺は泣き崩れた。


姉がこんな病気になってしまったのは、恋人との結婚を許してもらえず、恋人と無理やり引き裂かれてしまった心痛が原因ではないだろうか。金持ちの家に生まれながらも、姉のこれまでの人生は、けして幸せではなかったに違いない。俺だったらとっくに家を飛び出していることだろう。

こうしている間にも、姉は病魔と戦っている。ここまで読んでくれたのなら、姉のために祈ってくれ。奇跡が起こることを。俺のような好き勝手に生きている男が祈るよりも、祈りが神に届くかもしれない。

＊

夫が最近、「おまえが姉に似ていることに、今になってやっと気がついた」と、私に言いました。私は彼女の顔を知りませんが、彼女のことを少しは知った今は、その言葉をうれしく思っています。

私は彼女には感謝しています。もし私の出会った杉原理人が、この出来事の前のままの彼であったなら、私は彼を結婚相手には選ばなかったと思うからです。

夫は休日はテニスに夢中で、今日もテニスに行っています。

今度生まれ変わったら、夫は彼女と姉弟ではなく結婚して彼女の夫になりたいと思っているようですが、私はまたこのひとの妻になりたいと思っています。

杉原明美

あとがき

僕の短歌は想いを込める短歌です。ですから自分の歌に関しての評価基準は、その歌にどれだけ想いがこもっているかという想いの強さです。それに加えて、語調も良く口ずさめる歌が、好きな歌ということになります。

今回本を作るにあたって、今までに詠んだ短歌を振り返ってみました。中には自分にしてはちょっと不純かなと思う歌があったり、読んでみていろいろ感じるものがありました。

この時はこう考えていたんだ、こういう部分も自分の中にあるんだと、自分の詠んだ歌全部併せて、自分にとっての宝物なんだと思います。

タイトルの『深い敬意を込めて』は、大切な人へ出す手紙に使っていた手紙の結びの文からとりました。

そして想いを込めるのは小説でも同じです。その点から言うと、この本に収録した「道の終わり」の文体はミスチョイスだと思いますが、この小説を書いた当時（まだ学生でした）、ハードボイルド小説にはまっていて、この文体でどうしても書きたかったのです。苦労した分、完成した時は、短歌が一首できた時の喜びの何倍もの喜びに浸ることができました。

そして今は、こうして短歌と小説が一冊の本になった喜びを噛み締めたいと思います。

平成二十年四月

江口　達也

著者プロフィール

江口 達也（えぐち たつや）

1972年、静岡県生まれ。
静岡県立熱海高等学校英語科、帝京大学経済学部経済学科卒。
2008年４月より国立成育医療センター勤務。

深い敬意を込めて

2008年７月15日　初版第１刷発行

著　者　江口 達也
発行者　瓜谷 綱延
発行所　株式会社文芸社
〒160-0022　東京都新宿区新宿１－10－１
電話　03-5369-3060（編集）
03-5369-2299（販売）

印刷所　図書印刷株式会社

ISBN978-4-286-04969-4